# MARANGATU

Dois mitos Guarani

# BRÍGIDO IBANHES

## DOIS MITOS GUARANI

ILUSTRAÇÕES: MÁRCIA SZÉLIGA

1ª edição
2015

© 2015 texto Brígido Ibanhes
ilustrações Márcia Széliga

**© Direitos de publicação**
**CORTEZ EDITORA**
**Rua Monte Alegre, 1074 – Perdizes**
**05014-001 – São Paulo – SP**
**Tel.: (11) 3864-0111 Fax: (11) 3864-4290**
cortez@cortezeditora.com.br
www.cortezeditora.com.br

Direção
*José Xavier Cortez*

Editor
*Amir Piedade*

Preparação
*Isabel Ferrazoli*

Revisão
*Alessandra Biral*
*Alexandre Ricardo da Cunha*
*Rodrigo da Silva Lima*

Edição de Arte
*Mauricio Rindeika Seolin*

Dados Internacionais de Catalogação na Publicação (CIP)
(Câmara Brasileira do Livro, SP, Brasil)

Ibanhes, Brígido
  Marangatu: dois mitos Guarani / Brígido Ibanhes; ilustrações Márcia Széliga. — 1. ed. — São Paulo: Cortez, 2015.

  ISBN 978-85-249-2189-6

  1. Literatura infantojuvenil. I. Széliga, Márcia. II. Título.

14-02378                                    CDD-028.5

Índices para catálogo sistemático:

1. Literatura infantojuvenil      028.5
2. Literatura juvenil              028.5

Impresso no Brasil — maio de 2015

*Dedico esta obra aos* ava, *pela grandeza de suas tradições, pela humildade de suas vidas, e por terem preservado intocada a natureza que Deus criou neste mundo para nosso deleite e proveito, e às crianças que obedecem aos pais e que respeitam os velhos.*

# APRESENTAÇÃO

Em Guarani, "Marangatu" significa "o Divino Sagrado".

Antes dos europeus, a terra não tinha fronteiras nem países: era uma só. Os caraíbas chegaram de dois lados, como um cerco, mas avançaram com dificuldade — até porque esbarraram em guerreiros corajosos. Os portugueses, vindos do Oceano Atlântico, ficaram principalmente no litoral, só de vez em quando entrando no centro-oeste, ainda hoje meio despovoado. Já os espanhóis, chegando pela costa do Pacífico, encontraram não só preciosos metais, mas também a grandiosa Cordilheira dos Andes — que os obrigou a frear seu caminho. Assim, por algum tempo ficou protegido um grande território — de planaltos e planícies, montanhas, rios e pântanos —, onde viviam diversos povos indígenas. Muitos eram nômades — naturalmente "sem fronteiras". No coração deste continente sul-americano, onde hoje são a Bolívia e o Paraguai e, ainda no Brasil, onde atualmente fica o Estado do Mato Grosso do Sul, e também desde o Rio de Janeiro até o Rio Grande do Sul — aí vivia o bravo povo Guarani. De tão numeroso, subdividia-se em vários grupos, com muitos nomes: "Kaiowá", "Embiá", "Nhandeva"; ou, ainda, "Araxá", "Cainguá", "Carijó", "Guaianá" ou "Itatim".

O Cerro Marangatu localiza-se junto à Serra de Maracaju, no sudoeste do Mato Grosso do Sul.

Conforme antiga profecia, no dia em que os Guarani forem expulsos dessa localidade, o mundo estará acabado. De fato, a resistência desse povo no local já rendeu um dos maiores mártires da luta pela preservação das tradicionais terras dos seus ancestrais, o líder indígena Marçal de Souza, morto na região do Piracuá.

A nação Guarani se sobressaiu pela valentia e pelas tradições, tendo conseguido o respeito das outras etnias. Nas brumas do tempo se perdem a origem, a língua e as tradições desse povo.

O *avañe'ê*, o Guarani, é uma das mais antigas línguas do mundo, muito próxima da língua-mãe da humanidade, quando sons primitivos originaram a formação de uma linguagem. A batida da mão fechada no peito desnudo originou o som de *tê*, 'o corpo humano'. A batida da mão espalmada criou o *pô*, a própria 'mão'. Todas as palavras são oxítonas, como no francês. O *y* tem som gutural. O *h* é aspirado como no inglês. O *ñ* equivale ao **nh**. A junção dos sons onomatopaicos formam as palavras. Do som gutural emitido por quem está com sede originou-se *y*, 'a água'; daí *yvy*, 'a terra', que representa a fusão de *y* + *guy* ('água' + 'por baixo'). Assim, os sons se multiplicam e se aglutinam em musicalidade telúrica e poética. Outro exemplo, o termo **Cuarahy** ('o Sol') é formado por *cua* ('buraco') + *ara* ('céu, tempo') + *hy* ('som gutural e soprado'); temos, então, literalmente: 'o ruído dos raios solares passando pelo buraco do céu'. A Nasa (sigla em inglês para a agência norte-americana Administração Nacional da Aeronáutica e do Espaço) gravou esse som gutural e veloz da estrela no seu trajeto pelo espaço; no entanto, os Guarani já o conheciam. Por que a Mitologia Guarani revela tantas batalhas travadas nos céus e não na terra?

A quantidade de entidades no panteão mitológico Guarani é ilimitada. Podemos citar como exemplos: *Piragui*, guardiã das grutas e dona dos peixes; *Ava Hovy*, o senhor do arco-íris; *Jacaíra*, a dona das plantas; *Araryvusu*, o senhor das árvores, e muitas outras.

O Brasil pulsa seu sangue guarani, que traduz uma vivência alternativa ao mundo capitalista.

*Brígido Ibanhes*

# JASY JATERE

O FILHO DA LUA

Um facho de luz, uma faísca, estremece na penumbra da floresta.
A brisa arisca rodopia em festa.
Forte cerração cobre os montes da região.

Um vulto tacanho e bronco, um duende pelo tamanho,
sai do oco do tronco de gigantesco jatobá.

Caminha sorrateiro, percorrendo o trilheiro,
tateando com as mãos as folhas secas do chão.

*Cuarahy* [1] aquece o chão e colore de magia a manhã do novo dia.

O bem-te-vi, na copa da paineira,
anuncia o ente estranho que aparece na clareira.

Pequeno no seu tamanho, cabeleira cor de milho
que pelos ombros se espalha sob enorme chapéu de palha.
Barba ruiva até a cintura,
olhos azuis de intenso brilho,
pele nua, queimada, escura.
E inseparável, na mão, de puro ouro um bastão.

É *Jasy Jatere*, filho de *Jasy*, a Lua,
gênio da hora da sesta, peregrino da floresta, senhor dos passarinhos.
Enamorado das pucelas, sedutor das virgens donzelas
que encontra pelos caminhos.

Sua rústica morada, cercada de cogumelos,
brancos, roxos e amarelos, é no tronco do jatobá,
e sua tosca esteira são folhas de carandá.

Solitária é sua vivência.
No peito carrega a carência
de um amor ardente.
Na hora da sesta, então, se entrega
à procura da paixão ausente.

---

[1] *Cuarahy* — 'O Sol'.

*Ypoty* [2], Flor da Água, filha do cacique *Arasunu* [3],
o destemido Trovão, e de Olhos Azuis, *Tesarovy* [4].
*Ypoty* é a Guarani mais bela
da Cabeceira do Estrela e das matas da região.
*Ñandeva* [5] de olhos pretos, irrequietos *guyrahû* [6],
cabelos lisos que brilham como as estrelas que trilham
a poeira luminosa dos astros.

Sua cintura fina e sensual, fruto do chá do tarumã [7],
cobiça de *Pytumbyte* [8], o Senhor da Escuridão Total,
que mora no alto do infinito num *óga guasu* [9] maldito.

Ela se banha displicente junto ao pé de ingá,
na água transparente, entre as pedras do *Ita* [10].
Perfume ela ajeita com essências silvestres,
e o corpo enfeita com flores campestres.
O meio-dia se acaba, é hora do sesteio na taba.

No *Ita* tudo é silêncio e sedução,
só o chuá da água pura que esborrifa no corpo nu da *mitãcuña* [11].
Com as carícias do Sol se deleita, e sobre a laje nua se deita.

Pousada no pindó a araponga soa
seu clarinete que ecoa pra lá do cafundó.

*Jasy Jatere*, como todas as manhãs, visita *cáva raity*, a colmeia,
e lambuza de *eirete* a mão cheia.
*Eirete*, o mel nativo, dourado, que a rainha das abelhas
lhe oferece como agrado.

---

2  *Ypoty* — palavra formada por *y* (água) + *poty* (flor).
3  *Arasunu* — palavra formada por *ára* (tempo) + *sunu* (estrondo): 'trovão'.
4  *Tesarovy* — palavra formada por *tesa* (olhos) + *hovy* (azul, verde).
5  *Ñandeva* — agrupamento nativo da nação Guarani (também chamado de *ava*).
6  *Guyrahû* — palavra formada por *guyra* (pássaro) + *hû* (preto).
7  Chá do tarumã — conforme a crença dos *ava*, a mulher que toma o chá do tarumã tem a cintura fina e a pele macia.
8  *Pytumbyte* — na mitologia Guarani, é uma entidade do mal que se manifesta como o dono da escuridão do espaço cósmico.
9  *Óga* (casa) + *guasu* (grande).
10 *Ita* — 'pedra'; nome de um local (*passo*) no Rio Apa.
11 *Mitãcuña* — 'menina-moça'; palavra formada por *mitã* (criança) + *cuña* (mulher).

Saciado, espreita o céu, espreita o Sol,
para depois então soprar forte pelo buraco do seu mágico bastão.
Um tinido vibrante ecoa e a passarada revoa,
se agita e se agrupa ao redor do seu senhor.
O duende, por dentro do matagal, dispara como uma centelha,
e a passarada se emparelha numa algazarra infernal.

O assanhaço, o beija-flor, o joão-de-barro, o acapitã, a gralha, a juriti,
a tesourinha, o chupim, a andorinha, até o periquito barulhento,
e o anuí agourento.
O vento, em rebuliço, vibrando com seu feitiço,
debruça os galhos no ar para o duende passar.

É a hora da sesta, é a hora em que *Jasy Jatere*,
seguindo pelo trilho, chega à roça de milho.
É a hora em que, sob a sombra amiga das árvores do *caaguy* [12],
o *ava* cansado se abriga e toma o *terere* [13].

O pica-pau não esmorece: bate forte, bate seco os nós
do tronco que apodrece abraçado por cipós.

O redemoinho, que vinha num tropel, para de repente no *Ita*,
onde a formosa *Ypoty*, a virgem dos lábios de mel,
cochila sobre a laje nua.
Os cabelos úmidos estremecem
com a frescura da brisa que entre eles se insinua.

*Pytumbyte* ataca logo, invocando seus poderes.
O Sol perde seu fogo e se apaga sobre a mata.
Rasteja sobre a pata, de mansinho, como a fera
que na tocaia a presa espera.
Ele desce do céu sombrio, seus olhos vermelhos faíscam,
de luxúria eles triscam, provocando arrepios.
Dança, seus braceletes balança,
bate os pés e rodopia, entoa um cântico dolente
e mergulha de repente nos sonhos da guria.

---

12  *Caaguy* — 'mata, floresta'.
13  *Terere* — 'chá refrescante da erva-mate'.

*Jasy Jatere* a tudo assiste enraivecido.
E, quando *Pytumbyte* decidido toma nos braços triunfante
o corpo inerte no chão para levá-lo distante,
*Jasy* aponta seu bastão em direção ao céu escuro.

— *"Nerendy! Acenda!"* —
Ordena em tom duro.

Acende o Sol como antes, sua cabeleira em chamas,
e solta seus clarões ofuscantes.
Os pássaros então atacam, e usando os bicos como lança
afugentam o malfeitor.

*Pytumbyte* jura vingança, transbordando de rancor,
e foge enraivecido, humilhado e dolorido.

*Ypoty* abre os olhos,
vê a estranha figura quase nua
e reconhece o filho da Lua.

*Jasy Jatere* assopra no seu bastão de ouro
e uma suave melodia se derrama
pelos recantos da floresta.
É o encanto que dele emana.

Das águas brotam estrelas, lírios, rosas e violetas,
orquídeas as mais belas desabrocham por magia
ao calor do meio-dia.

Libélulas e borboletas, beija-flores e vaga-lumes,
exalando mil perfumes,
dançam para os amantes
em requebros bamboleantes.

O céu em pura festa
se colore com o arco-íris.
É o fetiche do duende
que já se manifesta.

*Ypoty*, o coração palpita,
se inflama de paixão.

*Jasy Jatere* cria forma,
se transforma de repente,
os cabelos se tornam prateados,
como as águas claras da torrente.
Príncipe da selva deitado sobre a relva.

*Ypoty* sente-se enlaçada,
e aqueles momentos de fascínio
lhe tomam todo o raciocínio.

Seus corpos se entrelaçam
e no contato do amor fecundo,
esquecem o resto do mundo.

Festejam os passarinhos
os mil gestos de carinhos.

*Pytumbyte* a tudo assiste,
e impotente não resiste,
ante a cena se tortura
e se enche de amargura.

*Ypoty* — *Jasy*...
Êxtase sublime
domina suas mentes
e seus corpos extenuados,
e adormecem descuidados,
como leito, o penedo
à sombra do arvoredo.

A curruíra alegre saltita,
a lagartixa o rabo espicha
e se perde no taquaral.

*Acãhatã* [14] é o pior dos fedelhos.
Não respeita os mais velhos, responde para seus pais,
destrói o *avatity* [15], judia dos animais.

Uma lufada quente de vento açoita o mundo dos viventes.
Escondido detrás da moita *Acãhatã* se diverte com o flerte do duende.
Levanta-se de repente e arremessa um pedregulho.
*Ypoty* se assusta com o barulho.

*Jasy Jatere* toca no peito o bastão,
e por força da sua magia
some feito a cerração
soprada por ventania.
O duende invisível,
dando busca pelo arbusto,
encontra o curumim terrível,
rindo e debochando do susto
de *Ypoty*.

*Poxy* [16] puxa-lhe as orelhas
que logo ficam vermelhas,
e penetra em rodopios
pelos matos mais sombrios.

Quando para o castigo
o moleque, em desatino,
já não encontra o abrigo
da taba da sua gente.
Sua memória gira sem destino,
e não consegue lembrar
o nome do lugar.
E assim caminha pela mata,
sozinho com os animais.

O duende o acompanha e lhe dá do mel que apanha.

---

14 *Acãhatã* — 'moleque bagunceiro'; palavra formada por *acã* (cabeça) + *hatã* (dura).
15 *Avatity* — 'milharal'.
16 *Poxy* — 'zangado'.

Passam-se então os dias
e as noites úmidas e frias.
*Acãhatã*,
Seus cabelos embranquecem
com os raios do luar.

Um dia em que o duende vai visitar a guria,
*Acãhatã* fica sozinho à beira do caminho.

*Pytumbyte* sente a ocasião
da desforra que o tortura.
E como uma sombra amiga
a mão do menino ele segura.

— *"Não tenhas medo, curumim!*
*Confia em mim,*
*vou levar-te para tua gente,*
*vamos seguir em frente!..."*

*Caraíbas* [17] em orgias, gargalhadas e ironias.
O acampamento está em festa.
O vinho embrutece as mentes
daqueles rudes sicários
de instintos sanguinários,
chapéus com plumas na testa,
calçados com longas botas,
vestindo roupas de couro,
gente de terras remotas.
Gente do Além-Mar distante.
São caçadores de ouro,
de esmeralda e diamante,
e de escravos para os nobres.
Aprisionam os *ava* com argolas e correntes,
para morrerem os pobres sob o açoite dos *berrenques* [18].
Negros escravos seminus servem-lhes o vinho em canecas de latão.

---

17  *Caraíba* — 'homem branco'; *carai* (senhor) + *ava* (homem).
18  *Berrenque* — 'chicote', em espanhol.

De repente, no caminho, do lado do Banhadão,
surge no descampado
*Acãhatã*, o fedelho malcriado.

*Carai Guasu* [19] engatilha o bacamarte,
e disposto ele parte para rechaçar qualquer afronta.
Mas logo se dá conta o rude bandeirante
de que se trata de um menino abobalhado e ignorante.

Dão-lhe vinho, dão-lhe agrado,
fica logo alucinado.
Lampejos na sua mente
sacodem sua memória.
Fala da sua gente, conta sua história
àqueles infiéis.
E mostra o rumo da taba aos predadores cruéis.

*Pytumbyte*, prenunciando sua vingança,
se anima com a festança daquela gente infeliz.
Prenuncia uma tormenta,
a trovoada se arrebenta
nas terras dos Guarani.

À beira da sanga seca, o assustadiço apereá
surge com cara de sapeca na trilha do caraguatá.

O primeiro tiro soa,
o segundo já atroa,
o alvoroço, o poeirão,
o sangue inocente escorre.

*Arasunu* tomba e morre,
estendido ali no chão.

*Pytumbyte* bate palmas e saltita, se diverte com a matança,
é o demônio sanguinário que se agita sedento de vingança.

---
19  *Carai Guasu* — 'Grande Senhor', denominação do chefe da comitiva.

*Jasy Jatere* fica atento.
Do rio escuta o atropelo
o grito, o tiro, o lamento.

Dá-se conta do perigo que ameaça sua amada
nas mãos do inimigo.
Tomado de fúria insana, rodopia num vendaval,
demônio cobra-coral, sem medo nem compaixão
vibra violento seu bastão como tacape de pau,
e atropela o homem mau.

    — *"JASY JATERE!"*
        — *"JASY JATERE!"*

Gritam os *ava* assustados
com a fúria do duende
de cabelo avermelhado,
corpo negro e quase nu,
que girando seu cajado
no meio do torvelinho
golpeia o desalmado
que matou *Arasunu*.

*Carai Guasu* destemido, dentes quebrados,
perdendo já o sentido, vê seus asseclas atacados.

*Caraíbas* fogem a qualquer custo.

E os covardes caçadores,
tomados de pânico e susto,
se perdem nos matagais,
nos banhados e bambuzais.

*Pytumbyte*, enlouquecido,
foge enfurecido para sua morada infernal
ao perceber a derrota que lhe impõe seu rival.
Resmungando palavrões
dispara raios e trovões.

Algum tempo se passou
do ataque e do malfeito.
*Aratiri*, o Relâmpago,
é o novo cacique eleito
da taba no *caaguy*.

*Jasy Jatere* e *Ypoty*,
nas noites de plenilúnio,
sobre o tapete de grama,
na maciez daquela cama,
rolam abraçados no chão
esquecidos do infortúnio,
e se amam com paixão.

Pela magia do bastão
transforma-se num *guyrai*[20],
um passarinho cinzento.
E nas horas da sesta,
carregado pelo vento,
no coração da floresta
canta o assobio que encanta:
*Jasyyy... Jatereeee...*

*Ypoty* já o conhece,
é o sinal no passo do *Ita*.

Enquanto a taba adormece,
é a hora dos folguedos
em cima dos penedos
junto à sombra do ingá.
*Ypoty* gerou muitos filhos.

Duendes escurinhos,
cabelos da cor do milho,
vermelhos como do pai.
Guardiães dos caminhos,
protetores dos animais.

---
20  *Guyrai* — 'passarinho'.

Na quietude da floresta,
na hora sagrada da sesta,
os duendinhos filhotes,
escondidos pelas roças,
preparam os seus trotes
e os feitiços para as moças.

Azedam o leite na cozinha,
esfarelam a rapadura.
Aprontando travessuras,
entornam o farnel da farinha,
puxam as penas das galinhas
e castigam os fedelhos
que não respeitam os mais velhos.
Levam-nos para o mato fechado
e deixam-nos ali abandonados.

No Além-Mar sem-fim,
diante de um trono de ouro,
prostrado em tapete carmim,
*Carai Guasu*, vestido de couro,
soluça rangendo os dentes.

Perante o olhar duro do Regente
narra sua estranha aventura
negando a cruel matança.
Floreia, esconde sua derrota,
e incrédulo ainda murmura,
enlouquecido pela lembrança:

— *Jaci Taperê!*

— *Caci Pererê!*

— *Saci-Pererê!...*

# KYVY MIRIM

## O curumim Pombero e o pé de tarumã

Era uma vez no tempo dos antepassados...

No País do Centro da Terra, *Paĩ Yvymbyte* [21],
árvores gigantescas, rios caudalosos, corredeiras,
o Miranda, o Apa e o Ypanê,
córregos de águas cristalinas,
tombos d'água, cachoeiras,
pingos, respingos e neblina.
Úmidas grutas de pedras
até a Serra da Bodoquena.

Jacarés nos pantanais,
onças-pintadas nos grotões,
rebuliço de bugios no emaranhado dos cipoais,
veados e guarás no sombreado dos capões,
seriemas campeiam as macegas dos cerrados.
As copas dos arvoredos
se agitam com os assanhaços e sabiás,
gralhas e chupins.
Nas frinchas dos penedos
tucanos e caracarás.

Em saracoteio e gorjeios
Sem-fim.
É terra dos Kaiowá [22].

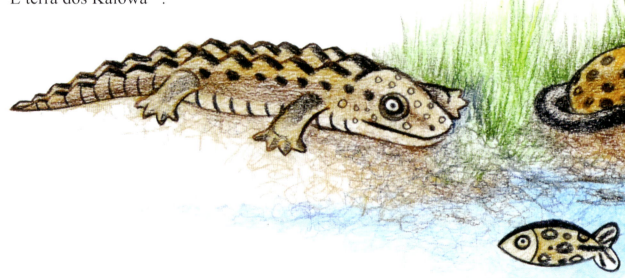

---
21  *Paĩ Yvymbyte* — território situado entre a Serra de Maracaju e a Cordilheira dos Andes.
22  Kaiowá — agrupamento da nação Guarani; a denominação vem de *ca'aguy* (floresta) + *gua* (morador).

Na oca cercada pelo milharal vive *Aratiri*, o Relâmpago,
com sua meiga mulher *Ama*, a Chuva,
pais do pequeno *Kyvy Mirim*, o Caçula.

*Kyvy Mirim* já viveu os rituais do *Tembecua*,
o temido *Espeta-Criança*;
o cruento rito em que se espeta, ao som dos cânticos e gritos,
com a pua [23] de madeira o lábio do menino;
e no furo da pua se encrava o *tembeta* [24] divino,
símbolo da mocidade, valentia e virilidade.

*Kyvy Mirim* é um sonhador [25].
É do nativo a alma, a terceira essência,
aquela que vaga pelos sonhos e fantasias
durante toda a sua existência.

— "*Hake!*" [26] — *Aratiri* aconselha:
— "*Cuidado com os espíritos malignos e traiçoeiros!*
*Cuide que não te prendam na magia*
*desses sonhos feiticeiros!*"

Certa noite fria e escura comem o beiju e o milho no braseiro
junto ao fogo aconchegante.
Falam de aventuras, contam seus feitos,
e lembram com medo e respeito dos *ava lêngua* [27] feiticeiros
do Pantanal bem distante.

Os *ava lêngua* conhecem o tabu do *Pombero* [28], o índio mago,
que vira pedra, vira água, redemoinho, árvore, ou animal,
e que vaga pela Terra, na solidão das matas, e na sombra da serra.

---

23  Pua — espécie de prego feito de madeira muito dura, quase sempre, de aroeira.
24  *Tembeta* — artefato, em forma de T, feito de osso, madeira ou resina.
25  Dentro do conceito espiritual, o Guarani se divide em três essências: a primeira é a estrutura do corpo; a segunda é a que os liga ao Criador; e a terceira, também conhecida como *Kyvy Mirim*, é a que cuida das suas emoções (a alma sonhadora, aquela que se apaixona, que se angustia etc.).
26  *Hake!* — expressão de alerta: 'Cuidado!'
27  *Ava lêngua* — comunidade que vive no Pantanal e que tem, como características físicas, as maçãs do rosto salientes, o pescoço fino e comprido, olhos graúdos e pouca estatura. Além da forma física peculiar, são conhecidos pelas suas extraordinárias magias.
28  *Pombero* — o índio mago que, na mitologia Guarani, tinha o dom místico de se transformar nos elementos da natureza.

*Kyvy Mirim*
naquela noite sonha.
É um *Pombero* poderoso e justiceiro.
Seu sonho é tão intenso e profético,
que ao ouvi-lo contar sua façanha
o próprio ar se enche de energia estranha.

*Aratiri* então promete levá-lo ao Pantanal,
e o seu nome inscrito aparece,
pela força da sua prece,
para o místico ritual.

*Ama*, a Chuva,
chora, que chora;
suas lágrimas inundam
os corixos e pantanais afora.

*Aratiri* e *Kyvy Mirim* partem.
A viagem é demorada,
e nos pernoites da jornada
colhem frutas das florestas:
ananás, limas e pacovás.
Muitos dias se passaram
até que chegam à festa
dos temidos *morubixa*[29].
Desponta afinal o dia,
o Sol estranha luz irradia.

Pequenas fogueiras marcam o círculo sagrado.
Densa fumaça vai cobrindo a galharia.
Os velhos feiticeiros acocorados
circundam o *Yvyra Paje*, a Árvore da Magia.

Uma fila de meninos se perfila,
com pedrinhas, talismãs, nas mãos.
Invocações, cânticos antigos, roucos gritos
através das brancas nuvens sobem ao infinito.

---
29  *Morubixa* — 'Ser poderoso'.

Um a um suas pedrinhas vão largando;
aos pés do tronco as vão deixando.

Depois sobem, somem na galharia,
ao som dos lamentos e da gritaria.
Os pajés cantam, dançam, batem pedras.

À noite *Jasy* [30] banha de mistério e magia
o estranho e demorado ritual,
que só se acaba ao raiar do outro dia.
Os meninos apanham seus talismãs,
e em silêncio abandonam o santuário.
Uma pedrinha, porém, fica junto ao tronco,
como prenúncio místico e solitário,
de que um menino foi o escolhido
para ter os poderes do *Pombero* tão temido.

Um forte guerreiro, um terrível feiticeiro!
É de *Kyvy Mirim* a pedrinha solitária!
Torna-se um mago o sonhador.

Da árvore da magia
pelos espíritos da floresta é levitado,
e nas terras alagadiças, abandonado.

Solto no alto do pindó,
ao sabor do vento requebrando,
com sua nova e forte magia
fica brincando:
some, aparece,
some, desaparece...

Bem-te-vi! Bem-te-vi!
Alardeia o passarinho
do alto do seu ninho.
Bem-Kyvy! Bem-Kyvy!
Que bem-te-vi, Kyvy...

---
30   *Jasy* — 'A Lua'.

Passeia pelos aguapés,
entre os troncos dos ipês,
acompanhando o pernalta tuiuiú,
Sua Majestade, o jaburu.

    — *"Carrego ao pescoço este lenço vistoso,*
    *carrego no corpo esta farda branca, de brancura virginal,*
    *pois sou o guardião deste imenso pantanal..."*

Nos cafundós do Nabileque
com o feroz *jaguarete* [31] dialoga,
ronca grosso um esturro a onça,
e relembra, com muita bronca,
o grande dilúvio no mundo,
que por pouco não a afoga.

    — *"Depois que as águas baixaram*
    *os espíritos malignos decidiram me matar,*
    *e uma grande peleja tive que enfrentar!*
    *Na briga salpiquei de lama os pelos,*
    *ficaram manchados de preto,*
    *e de medo, amarelos!"*

No Buracão das Araras, lá onde o mundo vira,
e o vivente se admira de cabeça para baixo.

As
raras
araras-
-azuis,
eufóricas
lhe revelam:

    — *"Somos pássaros divinos!*
    *Anunciamos a chegada das almas na calma do paraíso.*
    *Aqui nesta cratera, até onde a vista se enterra,*
    *é um pedaço do paraíso que caiu na própria Terra..."*

---

[31]  *Jaguarete* — 'a onça-pintada'.

Na Gruta do Lago Azul
encontra a bela *Piragui*,
guardiã das grutas encantadas,
dona dos peixes e lambaris.

O *Pombero*
de arteiro,
se despoja,
fica nu,
se transforma
no dourado *piraju* [32].

Brincam,
esborrifam
ramalhetes de água.
Mergulham aos borbotões,
esgueiram as nadadeiras
entre as pedras dos salões
esculpidas nas pedreiras.

Cansado dos folguedos,
exausto do passeio,
voa o *Pombero,* voa e anda
até chegar às matas
nas margens do Rio Miranda.

No local do *Ita Vera*, a Pedra Brilhante,
que cintila como um trono.
E no alto do penhasco, solitário,
se entrega ao abandono.
Ali se aquieta, medita ao pôr do sol...

Ao longe, marrecas e tetéus
enchem de grasnidos e revoadas
os quatro-cantos do céu.
O Sol vermelho deslumbra os olhos,
fascina a alma.

---
32  *Piraju* — o peixe conhecido como dourado.

O rio é um espelho prateado
que reflete muita paz e muita calma.

Pingos d'água formam majestoso arco-íris,
e pelos degraus coloridos desce *Ava Hovy* [33],
o senhor das cores radiantes,
o guerreiro do penacho colorido,
com seus braceletes cintilantes.

*Yvypoty*, a Flor da Terra,
jovem de beleza sem igual,
filha dos intrépidos *guato* [34],
os canoeiros do Pantanal,
assiste deslumbrada
à chegada de *Ava Hovy*.
O seu encanto a seduz,
como o calor inebriante
que a enganosa *chicha* [35] produz.

*Kyvy Mirim*, veloz como o raio flamante,
desemboca pelo céu.
Invoca a magia de *Cuñambia*,
a Senhora das Serpentes,
e eis que se transforma num repente
em sinuosa sucuri gigante.
Perneando os aguapés, e canas-de-jacarés,
aproxima seu bamboleio mortal
do sedutor infernal.
*Ava Hovy* toma a virgem pelas mãos,
e aos pés de diáfano arco-íris a conduz,
é mais uma pobre vítima que seduz.

A sucuri, flecha de nervos,
dispara, enrosca, retesa, arrasta,
aos trancos o sedutor.

---

33  *Ava Hovy* — na mitologia é o Senhor do Arco-Íris, que tem por costume seduzir as virgens.
34  *Guato* — nativos canoeiros que viviam nas proximidades da Lagoa Uberaba e se relacionavam muito bem com os Guarani e demais etnias.
35  *Chicha* — beberagem feita do milho e usada nos rituais religiosos.

As águas do Taquari [36],
profundas e escuras,
quebram o encanto.
Some o arco-íris,
*Ava Hovy* foge ao léu.

Ribomba irado,
ao longe, o trovão no céu.
*Yvypoty*, assustada,
retorna apressada
para a taba do seu povo.
Aos enleios, afobada,
pelo meio do alagado
a sucuri desaparece.

*Jasy* mergulha por trás do matagal,
e *Cuarahy* de mansinho irradia
o calor de um novo dia.

*Kyvy Mirim* detrás do milharal
espreita *Yvypoty*.
No alto do *Ita Vera*
a pequena virgem se deleita
com a magia do amanhecer.

O *Pombero* transformado
em jabuti desajeitado
tenta trepar desengonçado
pelo cascalho da ribanceira.

Escorrega, rola, degringola
barranco abaixo.
Toca o chão de supetão,
e quebra-se o encanto.
Desmaiado, esmaecido,
*Yvypoty* encontra-o caído, desacordado.

---

36  Rio Taquari, que corta o coração do Pantanal e que hoje se encontra com parte do seu leito tomado pelo assoreamento, provocado pela mineração de ouro e outras depredações nas suas margens.

Preocupada traz o *jújo*, a planta medicinal,
e repousa docemente na tepidez do colo inocente
a fronte do pequeno mortal.

*Kyvy Mirim* aos poucos volta a si.
Olha os lados, vê aqueles olhos cinza-azulados,
cheios de encanto e preocupação.
E ali, deitado sobre o chão, num toque de magia,
os corpos se aquecem em ondas de arrepios,
e o amor nasce ao desabrochar do dia.
Ela lhe traz o milho, o grão verde e macio.
Ele lhe traz da mata densa, lacrimejada pelo rocio,
favos de *eíra*, o doce mel.
Nas noites enluaradas, no alto do *Ita Vera*,
vivem momentos do mais puro encantamento.

*Kyvy Mirim*, fascinado pelas estrelas do firmamento,
conta a *Yvypoty* a criação do mundo.

— *"No começo de tudo existia apenas* Tupã Jasuca,
*a Neblina Branca, a Energia Criadora.*
*No começo de tudo* Tupã Jasuca *gerou o Nosso Pai, chamado de* Ñande Ru.

*"Amamentou-o na flor dos seus poderes,*
*como o colibri que suga os deleites dos seios dos bem-me-queres.*
Ñande Ru *criou então os céus e a Terra, apoiados sobre dois paus cruzados,*
*o divino* Curusu [37].

*"Criou* Ñande Syete, *a Nossa Mãe Primeira,*
*e com ela se deitou na branca esteira do mais puro algodão.*
*Assim ficaram casados, deitados ali no chão.*

*"Nasceu daí* Verandyju,
*o Relâmpago Sinuoso e Divino,*
*que, através da arte do dançarino,*
*dança, ora, roda, rodopia, implora,*
*busca a morada de* Ñande-Ru *e* Ñande-Syete.

---

37  *Curusu* — dois paus cruzados que, na cosmogonia Guarani, sustentam a terra nos céus.

"*Verandyju,
no céu escuro da noite
trava titânico aloite
com a Areia Voadora, Yvycui Veve,
e com a Escuridão Total, Pytumbyte* [38],
*dispara flechas de centelhas,
crava centenas de milhares,
e assim sobe pelos ares
na trilha luminosa das estrelas.
Tombados os espíritos infernais,
chega afinal ao paraíso, Yvága,
a grande taba dos seus pais.*"

*Jasy*, a Lua, sorri envaidecida
com sua coroa imensa de estrelas.
Aos poucos ela esparrama pelo rio
a branca névoa do seu véu,
e espreita pelo vazio
lá, bem do alto do céu,
o encontro dos enamorados.

Um dia nefasto a mata se alvoroça,
barulhos estranhos atroam nas grotas,
nas trilhas quebram gravetos
o atropelo de pesadas botas.
Corpos suados, trabucos engatilhados,
homens rudes, gentalha,
olhos esbugalhados pela cobiça insana,
avançam aos atropelos pelos tabocais.
A morte dispara, ceifa e tomba
a fúria selvagem,
é a hecatombe da mata e dos animais.
Atacam, incendeiam,
banham de sangue e urucum
o chão sagrado dos *guato*.

*Yvypoty* cai prisioneira...

---

[38] *Yvycui Veve* e *Pytumbyte* — na mitologia são entidades infernais do espaço sideral.

Os anuís agourentos
semeiam logo a notícia
ao sabor dos quatro ventos.

*Kyvy Mirim*,
sabedor da desgraceira,
de preocupação se agita,
e pela ribanceira se precipita.
Seu grito de dor ainda ecoa,
quando já pelo céu ele voa.

O *Pombero*, transformado
num caracará-pinhê veloz,
segue espreitando lá do alto
a fuga dessa corja algoz.

*Cuarahy* [39] suaviza seu alento.
A brisa suave bafeja.

É o entardecer...
O galo-de-campina
airoso empina
seu capuz vermelho
junto à jaula de guatambus.

*Kyvy Mirim* vê a sua amada
fraquejar de medo e solidão,
enquanto os predadores
fazem a fogueira no chão.
O galo-de-campina
consola e reanima
a chorosa *Yvypoty*.

— *"Socorro vou buscar.
Garanto, minha flor!
Cesse o pranto, pois te amo!* Rohaihu! [40]*"*

---
39  *Cuarahy* — 'O Sol'.
40  *Rohaihu* — 'eu te amo'; verbo onomatopaico produzido a partir dos sons do amor.

Voa mata adentro, pelo Rio Formoso se insinua
como o dourado *piraju*.
Corre pelo campo afora
com o corpo do cervo, o *guasu*.
Dispara sobre os arvoredos,
desviando dos penedos,
como a harpia caçadora.
Até que no sopro da madrugada,
ao revoar da passarinhada,
flui o sutil facho de luz
na taba no alto do monte
dos brutamontes *guaicuru* [41].

> — *"Sou um Avaetê,*
> *um Mensageiro Divino,*
> *venho lhes trazer pesares,*
> *venho lhes pedir justiça.*
> *Homens sujos e maus,*
> *cegos pela cobiça,*
> *fazem jaulas de paus*
> *e matam a nossa gente,*
> *não escapam nem os velhos,*
> *nem a criança inocente!"*

Atroa o estrondo do galope,
alvoroça os carajás nos cipoais,
o chão das picadas estremece,
batem secos os cascos dos animais.
Os cavaleiros *guaicuru*,
sabedores da vil agressão,
vão golpear os desalmados,
vão tomar satisfação de tanto sangue derramado.
Apeiam ofegantes, pela chirca abundante
cercam a taba dos infiéis,
sacrílegos violadores das divinas leis.
Na tocaia, azagaia, assobios, arrepios...

---

[41] *Guaicuru* — os chamados '*índios cavaleiros*', temidos pela sua coragem e audácia.

*Tupã Jasuca* mata, esmaga e pune
o incauto que destrói sua criação.
Ninguém lhe foge à ira, ou fica impune,
Tombará de morte no pó do chão!
*Kyvy Mirim*
invoca a sombra da alma corporal [42]
e desaparece aos olhos do mortal.

    — *"Flor da Terra, abafa o teu lamento,*
    *logo acaba o sofrimento..."*— murmura.

*Yvypoty* soluça.

    — *"A tua Flor da Terra,*
    *um dia fica velha, gorda e feia..."*
    se queixa tomada pela carência.

O *Pombero* invisível, às pressas,
sussurra uma promessa:

    — *"Pelos poderes de* Araguyra Guasu,
    *o Grande Pássaro do Firmamento,*
    *vou aliviar o teu tormento.*
    *Flor da Terra será sempre bela,*
    *sua pele sempre macia,*
    *sua cintura esguia,*
    *brilharás como estrela..."*

Fuça, fuça o vento,
o guaipeca macilento.
Sente, pressente
o *Pombero* invisível.
Late, late e se debate,
e acusa a presença estranha.
Acorda a sentinela sonolenta,
que o trabuco logo apanha.
Corre pela clareira aberta,
atira, berra, dá o alerta.

---

[42] Trata-se de *ã*, a energia vital do corpo humano.

*Kyvy Mirim*,
pressentindo o grande perigo,
busca na mata o seu abrigo.
De *Verandyju* os poderes clama
e, como uma bastão vivo, em chamas,
as amarras de couro da jaula atora,
e *Yvypoty* corre livre para fora.

Em louca disparada,
como a perdiz desorientada
na macega à beira da estrada.

O trabuco um brilho trisca e atroa,
atira no que viu,
acerta no que não viu,
o estampido pela várzea ecoa.

O *Pombero*
sela sua sorte,
tomba ferido de morte.
O fetiche
do encanto se desfaz,
no chão um corpo agora jaz.
É o corpo de *Kyvy Mirim*.
Os *Guaicuru*, enfurecidos pelo fato,
atacam, correm pelo mato,
trucidam a gentalha,
indignados, incendeiam-lhe a tralha,
sangue, gritos e fogo,
tudo se acaba logo...

*Kyvy Mirim* agoniza.
A natureza emudece,
cessa a própria brisa.
O pranto desce,
o choro sem consolo
dos olhos de *Yvypoty*
encharca o solo.

Abraça sua Flor da Terra,
e agonizante lhe diz ao ouvido:

— *"Peço-te que façam a minha última morada*
*nos descampados do Ñu Guasu* [43].
*Escuta-me,*
*a alma da energia vital,* teangue [44],
*ficará no chão com meu corpo enterrado.*
Pytu, *o sopro da vida e do alento,*
*vai-se embora com* yvytu, *o vento.*
*Ouça com atenção,*
*uma frondosa árvore vai nascer no local,*
*que ganhará de* Tupã *um dom muito especial.*
*O Senhor das Flechas,* Paxi Guasu,
*e o Senhor do Fogo,* Pai Tambeju,
*lançarão no céu o sinal.*
*Quando a flecha de fogo cortar os ares*
*no silêncio e na escuridão da noite,*
*apanhes folhas da árvore e prepares*
*o chá da Dona das Plantas,* Jacaíra,
*e do Senhor das Árvores,* Araryvusu.
*Tomarás desse chá de encanto,*
*e terás sempre a pele macia,*
*a cintura fina e esguia...*

"*Mas, cada vez, minha flor silvestre,*
*que fores apanhar as folhas para o chá,*
*a árvore ficará impregnada docemente*
*com o teu sutil aroma,*
*e o teu perfume envolvente*
*será a alma do fruto e da semente,*
*a tua essência que a árvore te toma.*
*Lá do alto do paraíso a sentirei,*
*e para sempre te amarei,*
Rohaihu!"

---

43  *Ñu Guasu* — a 'planície de Campo Grande', que dá nome à capital do Estado do Mato Grosso do Sul, no Pantanal.

44  *Te* (corpo) + *angue* (que foi energia); quando se morre, *ã* (energia vital) se transforma em *teangue* (ou *teongue*).

O sopro da vida e do alento
vai-se embora com *yvytu*, o vento.

E assim acontece.

No chão o corpo desce,
e o mesmo chão depois floresce.

Tempos depois,
uma árvore frondosa e gigante,
de flores lilás e frutos de mel,
na fértil terra de Campo Grande,
esparrama sua sombra refrescante.

Os Guarani se agitam,
agradecem a *Tupã*,
clamam e gritam:

    TARUMÃ!
    TE — ARA — YMA [45]

O ente
que virou semente...
As andorinhas andarilhas
semeiam o tarumã
no sombreado das trilhas,
nos brejos, nos pantanais,
nas clareiras, nos matagais,
nas úmidas bocas das grutas
das serras mais remotas.

                    É o fim.
                    *Opa*

---

[45] *Te* (corpo) + *ara* (tempo) + *yma* (antigamente). *Tarumã*: (a árvore) que foi um corpo nos tempos de antigamente.

52

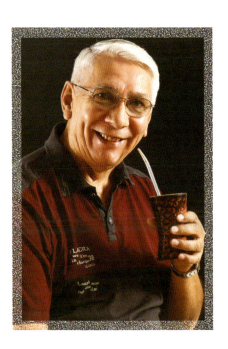

## **Brígido Ibanhes**

Formado em Contabilidade, seguiu carreira no Banco do Brasil. Como funcionário público, percorreu quase todo o território nacional, pesquisando nossa cultura e coletando informações para escrever seus livros. Lançou, em 1986, sua primeira obra literária: *Silvino Jacques, o último dos bandoleiros*, que lhe valeu a adoção pelo Pen Club International.

Seguiram-lhe: *Che Ru, o pequeno brasiguaio*; *A morada do arco-íris*; *Ética na política: entre o sonho e a realidade*; *Martí, sem a luz do teu olhar*, e por último, *Chão do Apa: contos e memórias da fronteira*.

Descendente de Guarani com europeus, traduz, nos seus escritos, a luta pela ética e cidadania, a força da natureza, o cheiro das nossas matas e a sanha dos perigosos habitantes das florestas.

## Márcia Széliga

Nasceu em Ponta Grossa e mora em Curitiba, Paraná. É artista plástica formada pela Escola de Música e Belas Artes do Paraná, com especialização em Desenho Animado na Academia de Belas Artes de Cracóvia, Polônia, e arteterapeuta com formação pelo Instituto Incorporarte do Rio de Janeiro.

Seu primeiro contato com os índios Guarani deu-se na Ilha da Cotinga, Paraná, em 1989. No mesmo ano atuou como voluntária por meio da ONG Opan (Operação Amazônia Nativa), convivendo com os índios Kanamari na Bacia do Juruá.

Desde 1981 vem realizando exposições no Brasil e exterior. É ilustradora de mais de setenta títulos da literatura infantil, sendo cinco de sua autoria.

As ilustrações feitas em lápis de cor para *Marangatu: dois mitos Guarani* foram inspiradas na cultura Guarani-Kaiowá, sendo alguns animais aqui representados conforme as esculturas entalhadas em madeira, do artesanato indígena dessa nação.